KB176490

혜린 제2행시집

채워지지 않은
내 모든 것들에 대하여

그 두 번째 이야기

혜린 오순영

채워지지 않은 내 모든 것들에 대하여
그 두 번째 이야기를 내며

명품(名品)을 사기 위해서 길게 줄을 섰다는 얘기를 오늘 티브이에서 들었다.
나야 돈도 없으니 언감생심이지만 그러나 그 명품이라는 걸 가져 보고 싶다는 생각 해본 적도 없다.

어느 날 문득 찾아온 생소한 감염병이 생활을 바꾸고 관습을 바꾸고 경제를 흩트려 놓고 그 전염병은 사람들의 행동을 제약하고 집에서만 있게 해서 스트레스를 주고.

세계적인 불황에도 우리나라 일부 국민은 하나에 몇 백 몇 천 하는 핸드백을 사려고 줄을 서고 몰려들다니..
그것이 굳이 집에만 있어야 하고 소비를 못하게 하고 사람을 못 만나게 한 보복 심리의 소비라니..
참 우리나라 좋은 나라다.

살아가면서 늘 채워지지 않은 어떤 것들이 나에게 글을 쓰게 하고 음악을 듣게 하고 생각을 하게했다.
그러나 그 채워지지 않은 모든 것들은 내가 떠나는 날까지 영원할 것 같다.

따뜻한 커피가 너무나 편안한 아침이다.

2020 년 오월 어느 날 아침에
혜린

1부

채워지지 않은 내 모든 것들에 대하여

무도회의 수첩처럼

나빌레라 예쁜 꽃 있어 만지고 싶은 나빌레라

여기 나 만지게 하고 싶은 예쁜 꽃 되고 싶어
기억도 어제 같은 스무 살을 꺼내다가

또박또박 아날로그 편지를 쓰고 있다

왔으면 왔다 하고 그대 맘 알려주면
소리 없이 그냥 바라만 볼 수도 있으련만

못 잊어 나비 보면 예쁜 꽃 되고 싶어

잊고 사는 마음이야 누구라 탓할까 만
어제가 오늘이니 태우는 목마름 나 어찌할까
서러워 우는 아이처럼 까닭 없이 목이 매인다

내 못다한 이야기

내

못다한 이야기 나중에 하지 뭐..
달무리 곱게 지는 밤에

다 함이 무슨 상관이던가
연민이 깊어 있음 되는 거지

한 바탕 소용돌이 칠 즈음에
너와 나는 젖은 갈옷(秋衣)을 갈아입고

이 저녁 반쯤 남은 청춘을
갉아먹고 있지 않은가

야릇한 춘몽에 침을 흘리며
성숙의 강을 건너려 할 때

기억조차 흐미한 꿈은
내 좁은 어깨를 가만히 어루만지고 있다

애들아

나는 너희들의 의지이고
의지하는 너희들은 나의 희망이다

등 굽은 세월에 너희들도 어른이 되고

뒤에서 보는 나는 감사할 뿐이다
에둘러 가는 부모 마음
서로를 보듬으니 나는 행복함 뿐이다

불효의 늪

그날 울 엄마 그렇게 떠나고
대신할 수 없는 아픔들이 비와 함께 쏟아지던 날

눈물은
부를 수 없는 그대 위에 머물고
시도 때도 없이 덮쳐오는 불효의 고뇌가
던져져 버린 사랑으로 남았다

사랑은 이렇게 떠나고
랑랑했던 내 젊음도 그렇게 가고 있다

풋사랑

너와 나는 아마도
견우와 직녀였나 보다

의지할 데 없는 내 언어를
네 안에 담아주고

곁눈질할 사이도 없이
떠나와 버린 시절

에둘러 해버린
사랑놀음이었을까

나와 너는 아마도
견우와 직녀였나 보다

는개비처럼 가늘게 떨고 있는
그리움의 몸짓이었나 보다

가을을 붙잡아

가녀린 장미 한 송이
가을햇살에 숨죽이고

을씨년스런 뜨락엔
설핏 바람이 인다

의지할 곳 없는 내 언어는
낙엽처럼 나뒹굴고

시간에 금박을 입혀
잠시 나는 가시나무새 가 된다

단죄하듯 가을에 읍하며
머리를 조아리고

풍 맞은 얼굴로
가을 속을 기어 다니고 있다

잎 지고 裸木이 되면 나는 또
수줍은 여인이 되고 싶을 텐데..

그럼 그렇고 말고

그대 올까 봐
대문 밖을 서성이다가

눈이 닿은 그곳 먼 먼 하늘가
부시게 쏟아지는 햇살 그리고
시간들
던져버린 청춘이 참 아쉬워도

사람 사는 세상인 걸 그래도
랑랑했던 젊음이 그리워지는 이유는……

불효가 목을(咽喉) 넘었다

자라목처럼
연신 움츠러드는 내가

강 깊은 곳에

마음을 묻었다
음험한 시간들에

강 같은 평화가 헛되다

그걸 모르는 것도 아닌데

까아만 밤이 옷을 벗고 화려하게 불을 밝히면

만개한 청춘들이 환락의 옷을 입는다

콩 튀듯 하루가 그렇게 가면
꺾어진 허리를 펴야 할 시간

에돌다 지친 가난이
환락의 옷을 갈기갈기 찢고 있다

젓가락 두 짝 수저 한 개
누구나 갖는 자연의 이치인데

가난은 항상
젓가락 네 짝을 갖고 싶어한다

落葉이 지고 겨울이 오면
또 봄이 온다는 걸 모르는 것도 아닌데...

참 좋은 당신

좋아서 맺은 인연
좋음이 백 년 갈까

아리고 힘든 세월
그렇게 살아가며

한 시절 달뜬 열정
이제는 가라앉고

다시는 그런 인연
만날 수 없을레라

고향집 툇마루에
햇살 같은 사람이여

貧者의 辯

채우고 비움이야 어디 마음대로 되던가
워낙 궁핍하니 채움도 비움도 덧없다
야합野合
할 수만 있으면야 못할 것도 없지만
여백이 너무 많으니 능력을 탓할 수밖에
백로가 까마귀보다 더 귀함이 무엇이던가

당신은 빛나는 나의 노래

당신과 나는 하늘이 맺어준 인연
신명 나는 젊음이 있었고 편안한 노후가 있으니
은혜로운 삶 모든 것에 감사하고

빛이 밝은 창가에서 차를 마시고
나는 노래하고 당신은 들으며
는실난실 삶을 살아갑니다

나의 하늘은 당신이고
의지하며 살아가는 우리는 부부입니다

노래하며 감사하는 삶
來日도 모레도 우리는 이렇게 살아갑니다

당신이 있어···

당신이 옆에 있어
나는 늘 어린 공주이고

신용대출로 쓴 행복은
생명 다하는 날 갚으면 되지

은근한 속삭임은
내 것이 아니지만
그래도

접시에 가득 담은
고마움을 당신은 알까?

시간은

꽃이 되고 열매 맺어
황금 연못에 두 발을 담근다

2018년 6월 24일 10시

당신이 떠나시던 날
신께 읍하는 일요일 오전
이별의 시간이 너무 짧아
면바지 예쁜 무늬 어제 입혀 드렸는데

되감긴 긴 세월 다시 틀어 놓아도
어제가 오늘 같아 가슴만 메입니다
요나처럼 예언하신 평화로운 죽음 앞에
불효가 너무 커 잠 못 드는 밤입니다

농촌의 봄

배꽃 떨어져
땅 위에 누우면

濃霧 자욱한
봄 아침이 열리고

나는 부스스 한 얼굴로 삽을 든 농부의
어기정 거리며 걸어가는 모습을 본다

무념무상의 얼굴에
가늠할 수 없는 세월이 있다

꽃 지고 잎이 나면 중중모리 염불 같은
배꽃타령을 들을 수 있으려나

잎 속에 열매 맺으면
열매 속에 그 세월 담아
여름을 또 노래 하겠지

생인손 앓을 때처럼

초록 별 달빛 가루
하이얗게 부서지는 밤

목구멍 깊은 곳 아려와
가쁜 숨 몰아 쉬는데

물들은 치자 향이
내님 같다 하던 것을

들녘에 핀 바람
그대 같다 했더이다

이유 있는 여자 아니었음을
그대 아셨나요

다만 아픔이었다고
말하고 있습니다

나의 삶

청사초롱 불 밝히고
여인 됐던 어느 봄날

포동포동 예쁜 얼굴
사과 같던 그 시절에

도에 넘친 사랑으로
긴 날 함께 살아왔네

익어 기는 삶의 여정
돌아보니 구 만리라

더운 날도 추운 날도
모든 것에 순응하며

라라랜드 연상하며
이러구러 살고 있네

인연 다하는 그날까지

인연 닿아 사랑하고 결혼해서 오십여 년
연연 세세 살 것처럼 끊임없이 달려왔네

다른 사람 보지 않고 오직 그대 얼굴 보며
하고픈 일 다하면서 사랑하고 싸우면서
는적는적 가는 세월 돌아보니 황혼이네

그날까지 함께하며 미운 정도 고운 정도
날이 새면 당신과나 아침신문 함께 보며
까치 울면 반가운 손 오시려나 같은 생각
지금까지 건강하니 백년해로 하겠구료

기도

구름에 달 가듯이 순리대로 살게 하소서
월색의 찬연함을 느끼는 여유도 있게 하시고
로변에 떨어져 뒹구는 갈잎의 의미도 알게 하소서

가는 세월에 몸을 맡길 수 있는 지혜도 주시고
는적거리며 탐하는 젊음도 기꺼이 내줄 수 있게 하시며

길모퉁이 핀 작은 들꽃 생명도 중히 아는 내가 되게 하소서

그리움 전하는 날

풀꽃 모아 예쁜 화관
만들어 씌워주던

꽃피던 그 시절이
돌아보니 아득쿠나

하나에 하나 더 해
하나가 되었을 때

나 아닌 내가 되어
아픔을 가르던 날

에둘러 떠난 세월
진심이 아닐레라

도망간 옛 시절에
그리움 전하는 날

고백

날마다 그리움 하나
안고 사는 내가

기억해 낼 수 있는 건
저 눈밭의 사슴처럼

억겁의 세월 지나도
나 너를 잊을 수 없다는 것

하 많은 세월 지나도
저려오는 그리움 어이할까

는실난실 노래 불러
즐거울 때 왜 없을까 만은

지난 청춘이 무심한 것은
널 잊은 척 살아가는
내 못난 고집이리라

엄마

그대
한줌 바람으로 남던 날

대신할 수 없는 나는
푸른 하늘로 남았다

고은 꽃 되었겠지
천사 같았으니까

은총을 받아
고은 꽃 되었겠지

꽃이 아니면 어떠랴 이슬이면 어떠랴

되고파서 되는 건 아니니
아무려면 어떠랴

고고하게 핀 기도가
꽃으로 피어났겠지

파아란 하늘에 꽃으로 피어났겠지

한여름 밤의 꿈

별똥별 하나 뚝 떨어지면
무심한 은하수 별빛만 어루만진다
리얼한 여름 밤은 말없이 깊어가고

지는 해 어제처럼 말도 없이 가더니만
는실난실 놀자 하고 舞者 꼬깔 내려준다

밤은
에돌아 굽이굽이 그렇게 가고 있는데..

初夏의 꽃바람

초저녁 스민 달이
그림처럼 고운 날

롱 린넨 스커트가
바람에 팔랑대고

꽃으로 피어난 청춘에
금박을 입힌다

필요한 만큼
나 행복을 꺼내 들고

때묻어 더러워진
불행을 씻어낸다

엄마 영전에

지금 가시니
그땐 몰랐습니다
시리고 아픈 마음일 뿐

감내하고 사셨던 세월
쳐들고 다니는 목이 아픕니다

물가의 아이처럼 늘 걱정일 뿐
고맙습니다 사랑합니다

내 유년의 집

솟을대문 하늘 높게
까마득한 유년의 집

을밋한 구릉 밑에
살포시 즈려 앉아

연한 빛 기와지붕
그리도 고왔었지

꽃무리 이곳 저곳
목단꽃 옥잠화도

살구꽃 하얗게 펴
꽃구름 이뤘었네

문밖엔 키 작은 우물
두레박 끈 대롱대롱

초록별 스미는 밤에

초저녁
어둠이 내린 거리가

록즙 한 가득
쏟아 부은 듯 곱다

별은 아직 바쁜가 봐
하나밖에 안 보이고

스란 스란 스치는
초록 바람이

미간을 살짝 스치고
가만히 달아난다

는적는적 따라오는 그림자
뚱땡이가 됐다가 날씬이가 됐다가

밤이 주는
이 달콤함을 그대 알까

에둘러 홀로 떠난 산책길에
흐미한 초록별 하나 나를 따라오고 있다

비 온 뒤

한나절
한가한 모래밭

줄기차게
쏟아지는 비가

기억의
못자리를 더듬는다

소녀는
그 그리움을 쫓다 말고

낙화된
꽃잎으로 떨어져 누워

비를 맞는다

목련꽃 내 임아

목이 아파 잎 떨군 채
하늘을 바라보나

련꽃 닮아 하얀 나빌레라
하늘 향한 임 그리움

꽃으로 다시 태어나
북녘을 향해 피는

내 어머니 인연 버리던 날
목련은 꽃 비로 내리고

임이여 꽃으로 오오서
그대 사랑 담으리다

아~ 순백의 사랑으로
다시 내게 오오서

엄마

단아한 몸매
오월의 하늘처럼
절제된 미소

창포물 달여 감은 흑발
포성이 빗발쳐도 의연했던
꽃처럼 아름답던 울 엄마는,,,

행복이 여기 있네

행여
행복이 거기 있다기에

복을
찾아 나선지 몇 삼 년

한번도
본 적이 없다 했더니

공기 속에
행복이 두둥실 떠다니네

동그란 행복
한 잎 따다가 내 머리 위에 뿌렸더니

체살로 흩뿌리듯
눈송이처럼 소복이 내려오네

옆구리 쿡쿡 찔러

한평생 살자 해서
당신과 나 같이하니

밤이면 뜨거운 불
한 젊음 불태우고

의견이 안 맞아서
티격태격 싸움질도

소소한 행복들로
세월을 앞세웠네

야윈 맘 필요 없어
늙음도 무섭잖아

곡예사 연기하듯
살아온 세월인 걸..

돌아보니

겨우내 먹을 양식
곳간에 쌓아놓고

울 엄마 화롯불에
알밤을 구워주던

자꾸만 생각난다
내 유년의 예쁜 추억

작년에 먹던 쌀은
떡 해서 동네 잔치

나 자라 어른 되니
그 시절 그립구나

무심한 세월 자락
구만 리로 날아갔네

나의 인생

우연히 만난 사람
정 깊어져 사랑하고
은혼식도 저만치 가니

이것이 행복이련
해맑았던 빨간 정열
다 가버린 지금

가는 세월

꿈 같은 세월은 무녀처럼 손을 흔들며 가고
이글거리는 열정은 허기진 대문을 비집고 들어와

크나큰 아픔으로 내 목을 옥죄인다
는지럭거리는 바람은 해묵은 그리움 몰고 와

나의 작은 소망 불태우고
무심한 세월에 휘청거리는 젊음을 휘파람으로 날리고 있다

어느날 밤의 단상

행여 부딪치는 바람에 별무리 부서질까 봐
복사꽃 따라 풀벌레 토해내는 소리 어루만진다

가슴에 새긴 그대 그리움 풀숲 아래 바람 재우면
득도한 현자처럼 나는 가면 쓴 위선자가 된다
한사코 비워버린 가슴

둥지이고 싶었던 어제의 눈부심이
지금 발 아래서 허둥대며 헤엄치고 있다

어버이 회초리

어머니 살으실 제 불효가 하늘 닿아
버릇없는 딸자식 행여나 아플세라
이만큼 늙은 자식 무병장수 기도하네

회초리 마다하고 꼬집어 가르치던
초라한 내 효심은 부끄러워 낯붉히네
리라꽃 만개하면 꽃 나들이 해드릴까

세월을 접습니다

내 안에 그리움 접어
그대 보내던 날

안으로 삭힌 세월
바람 되어 출렁이고

의중에 남아있는 말
순백의 고통처럼

별무리 쏟아지면
그때 나 또 아파 울음 울까

하나 둘 보채던 욕망 다 벗어놓고
허기진 여정 문을 닫는다

나 바람든 무 속처럼
식어버린 가슴입니다

태양이 옷을 벗으면

팔랑팔랑 잠자리 떼 군무를 시작하면
월담한 여름 아저씨 이별을 예감한다

그토록

찬란했던 햇살이 노을 등에 업혀 하루를 마감하면
란 향기 같은 가을은 다시올 채비를 하고
한사코 말려도 팔월은 땀에 젖은 잠방이를 벗어 던진다

태고의 아담과 이브는 왜 부끄러워 앞을 가렸을까
양질의 몸매를 가진 청춘들만 가는 팔월을 아쉬워 한다

단비로 오소서

단단히 부여잡은 그리움에 날마다 분홍빛 연서를 쓰고
비 추적이는 날의 우울처럼 까닭 없이 목이 매인다
로터리 한 켠 노을 한 자락 진한 숨결로 남고

오직 나만을 부르는 소리 거기 서성이는 당신
소녀일레 온밤을 가슴으로 밝히는 여인일레
서러운 꿈 접어 그대여 석양에 피는 하얀 마음입니다

백화점에서

화려한 옷을 걸친 마네킹에
황홀은 잠시 눈을 감는다

문득 허비한 시간만큼
지친 내가 우습다

석양의 뿌연 햇살에
생각은 잠시 유리 기둥 따라 흔들리고

고백

겨우내
숨죽여온 가녀린 싹들이

울창히
뻗어 나와 풀숲을 이루고

바람 속에
견디며 꽃을 피워내던 날

다만 그것이 봄이던가 여름이던가
세월은 어디다 두고

에서 에서 그 꽃잎 떨어지면
꽃이 바람에게 전하는 말

서러워
잠 못 드는 밤을 너는 알 리 없지

가끔은 나도 마음으로 간음을 한다

십 년도 어제 같은
젊음을 꺼내다가

이제는 만삭이 된
늙음을 색칠한다

월야에 젖은 열정
새벽 손이 거둬가고

의지가지 없는 내 언어는
허공에서 맴을 돌다

편린이 되어
끝없이 날아간다

지금은
세상을 바로 볼 시간

전쟁 유감

당최
전쟁은 생각할 수 없어

산 우릉 타고
까만 밤길을 걸어가던
내 유년의 피난길

나는
평화를 사랑합니다

무력 뒤
감추인 얼굴

편지로 썼던
그 유월의 젊은 피를

지금
나는 훨훨 나는
자유의 새 이고 싶습니다

감자 꽃 닮은 그대

감 꽃이 필 무렵
떠나간 너

자라목 같은 내 그리움은
휘청거리며 들길을 가고 있다

꽃잎 떨어져 누운 뜨락에서
햇바람에 움츠린 몸

닮아 있는 네 눈빛이
아침 햇살에 빛나고 있다

은빛 머리 이고
하늘을 향해 손짓하던

그대 지금 어디를 헤매고 있는가

대신할 수 없는 여정
세상 소풍 끝낸 네게 아린 미소 보낸다

청춘이고 싶으면

이래선 안 되지

순간 순간이 소중한데
간섭이 두려워 마음을 내려놓으면
이것도 저것도 안 되는 걸

청춘이고 싶으면
춘하추동을 노래해야지

돌아보니

유심히
올려다본
봄 하늘 저 멀리엔

채색된
파란 물감
봄 나래 춤을 추듯

꽃 무리
넘실대면
봄인 듯 세월 가고

하얗게
바랜 날들
돌아보니 황혼이네

늘 푸른
날이려니
헛되고 헛되구나

코스모스 핀 꽃길

코 끝을 스미는 바람 가을이 오려나 보다
스멀스멀 기어오르는 가을 햇살 아침 안개 밀쳐내고
모두가 사랑이에요 가 흐르는 아침
스치는 바람은 내 부질없는 욕망을 거두어 간다

핀셋으로 꼭 집어 너만 갖고 싶은 가을, 가을이여

꽃이 지면 잎도 지고 숨가쁜 시간 가고 말지니
길 가에 떨어진 빈 가슴을 어떻게 주울까?

나무 석가모니불

나는 누구이고 너는 누구인가
무량한 내 마음은 고단한 영혼을 어루만진다

석가모니 탄생한 날에 나는 예수님께 읍하고
가증스런 내 탐욕에 돌을 던진다
모은 손끝에 매달린 기도가 학처럼 외롭고
니 마음 내 마음은 비굴한 타협을 거부하는 사도 바울
불쌍한 중생들의 환락은 겹겹이 쌓인 죄업의 무게일 뿐!

비우면 채우는 불심

비워 내고픈 마음이야
누구라 없을까 만

우리네 인생살이
욕심으로 가득 찬 마음

면면히 살아온 가난한 세월이
비우고 버림을 어렵게 하나보다

채우지 못한 미련이
욕심을 낳게 하였으니

우매한 중생들이
부처의 마음을 아프게 하는가

는실난실 살고픈 마음이
죄업의 고리를 만들고

불현듯 극락장생이
그림에 떡인 듯하여

심보를 바로 써서
극락에도 천당에도 가야 하지 않겠는가

십이월에 띄우는 편지

십이월 또 너를 보내면
나는

이루지 못한 꿈에 마음만 아프다
그래도

월사금 내듯 한 세월에
조금은 위안을 받고

의지할 곳
나 있으니 감사할 밖에

편린들이 모여 인연을 맺고
이리 살고 있으니

지금 같이한 날에
감사할 뿐이다

4월 어느 날에

꽃 향기 그윽한 날에
분홍빛 연서를 쓰고

비에 젖은 낮달이
화들짝 놀라 몸을 감추는 시간

가수면 상태로
꽃과 나비의 질펀한 짝짓기를 훔쳐 보다가

내가 바보였음을 스스로 깨닫는다

리얼한 현실에 하루를 돌아
다시 여기에 서면 가버린 세월이 그립고

던져진 내 자유가 자유를 찾을 때

날마다 작아진 내 자존감에
금박을 입혀야겠다

계절

자목련 피는 계절
봄이련 좋을시고   *春*

두견새 울음 울면
여름인가 하였네라   *夏*

연록즙 푸른 숲에
빨강 물감 풀어지면   *秋*

기막힌 융단 옷감에
하얀 솜털 내릴레라   *冬*

* 자두연기(煮豆燃其) :
   같은 부모를 둔 형제가 서로 시기하고
   다투는 것을 비유하는 말

겨울이 오나 보다

무서리 내린 새벽
겨울이 오나 보다 *冬*

자작나무 옷 벗으니
겨울이 오나 보다 *冬*

가변에 붕어빵 장수
겨울이 오나 보다 *冬*

색조차 바랜 나무
겨울이 오나 보다 *冬*

* 무자가색(務玆稼穡) :
  심고 거두는 일에 힘쓰다

2부

가을 그 무한한 그리움

만추의 늪

하루를 돌아 거리에 서면

늘 그랬던 것처럼 나는 하늘을 본다

끝자락 멀리 발그레한 소녀의 볼처럼
그림 같은 낮 달이 사붓이 흔들리고

저기 있는 저 노을 속
무등을 타고 노는 바람이 유쾌하다

노란 국화는
여인의 봉곳한 유방처럼 수줍게 앉아있고

을밋하게 가는 날이 아쉬워
질펀하게 젖은 새벽을 말리고 있는데

은은한 만추의 향기가
더딘 걸음으로 흔적을 남기며
그렇게 가고 있다

만삭이 되어버린 가을

만삭이 된 내 가을 지병이
상여 뒤 만장처럼 무등을 타고 논다

추억 같은 긴 세월에 금박을 입혀놓고
나는 내 바래진 뒷모습을 힐끗 돌아본다

로변의 갈잎들은 빛이 사라지고
낮 달이 흔들릴 때

가만히 가만히
바람을 불러모아

는실난실 놀자 하고
추객들을 유혹한다

길에는 만홍이 된 잎새들이
조용히 떠날 준비를 하고 있다

미련

추색 짙은 하루를 돌아
석양을 마주하고

억새 밭 하얀 뜰에 누워
팔벼게를 하고 있다

같은 날 같은 시간
더딘 걸음에 세월을 등에 업고

은빛 찬란한
왈츠를 추지 않았던가

세월은

월사금처럼
달이 차면 정산을 하는데

아직도 나는
바보 같은 미련을 버리지 못하고 있구나

청춘이 그리운 밤

시월(10月)이 내게 말하네
월색 찬연한 그 밤이 어떻니? 하고
아름 따온 국화 향 넌즈시 뿌려놓고

세월을 붙잡아 그 청춘을 부르자네
월야에 젖은 갈옷(秋衣) 달빛에 널어놓고
아침이 필요 없는 청춘을 보내자 하네

가을인가 봐

어느 날인가
느리게 온 바람은

가을을 살짝 창가에 놓고 간다
을씨년스럽게 야윈 햇살은

사방으로 흩어 져
색 조차 바래버린 여름 끝자락을 만들고 있다

가는 세월

들녘에 참새떼들
산탄처럼 흩어지고

꽃잎은 손이 시려
하얀 천을 두르고 있다

한가해진 허수아비
공연히 아랫도리 만지며

송알송알 맺힌 열매
부러운 듯 바라보고

이 가을 젖은 목마름을
갈 빛에 말리고 있다

가고 오는 계절이야 그 누가 말릴까 만
애써 가는 계절 두 팔 벌려 막아본다

초가을 단상

창 넘어 먼 하늘에
솜털 구름 한가롭다

가슴 시리게 밀려 오는 그리움
지병이련가 했더니

에둘러 온 가을은
작은 행복 하나 가만히 창가에 놓고 간다

은빛 억새는
간간히 부는 바람으로 흔들리는 낮 달을 부여잡고

행복이 뭐 별 거던가
이런 게 행복이지

복스럽고 예뻤던 사진 속 내 유년의 얼굴이
나를 보고 방긋 웃는다

간다는데 뭘..

가기를 재촉하고는
돌아보는 너 때문에

을이 되어버린 나는
서둘러 갈옷을 햇빛에 널어놓고

은혜로운 시간에
금박을 입힌다

떠나니 보낼 수 밖에
뭐 길이 있을까

나 여기 오늘 너를 붙잡아
잃어버린 동심 무릎에 앉힌다

도저히 붙잡아도 가는 너
다음엘랑 간다 하고 떠나면 좋을 텐데

가을로 가는 마차

가을이 귀뚜리의 등에 업혀
저만치 오고 있다

을씨년스런 바람은
간간히 습한 숨을 내쉬며

로뎅 같은 자세로
계절을 탐하고 있고

가을로 가는 마차는
무심한 듯 노을 등을 타고 논다

는실난실 놀자 하는 세월에
금박을 새겨

마중 나온 낮 달에
갈옷(秋衣)을 입혀놓고

차라리 나도
질펀하게 젖은 몸에 추의를 입어볼까

가을 잎 이야기

갈잎 떨어져 길 우에 뒹굴고

잎 진 나목 사이로
만추의 햇살이 눈부시다

은혜로운 가을날의 그림은
빨주노초로 수繡를 놓다가

떨어져 누운 잎사귀에
가만히 입맞춤하고

어젯밤
일어났던 이야기를 가만히 들려준다

지고만 가을은
다시 오마를 약속하고는

고삿 어귀 어딘가에
아직은 조용히 머물러 있다

가을 그 무한한 그리움

노을 한 자락 가을 들판에
바람으로 날고

을싸한 억새 무리 석양빛에
꽃으로 피어난다

빛 고운 하늘가엔
말간 낮 달이 수줍고

하얀 솜은

늘 그랬듯이
고운 수채화를 그리고 있다

가슴 시린 그리움은
연기처럼 하늘에 피어 오르고 ..

그때 우리는

억새 어우러져
노을 빛에 반짝이고

새하얀 흰 구름 떼
하늘에서 노닌다

그날

꽃으로 피어난
우리는

다함을 핑계로
젖은 갈옷을 말리고

운명 같은 연주로
먼 길을 떠나지 않았던가

가을 그 무한한 그리움

가을 들판에 새떼들
산탄처럼 흩어지고

을밋한 가을 햇살은
세월을 바라고 성숙해지고 있다

그대

무한한 그리움에
나 또 지병을 앓고

한 오라기 머리카락에 가을이 스며들면
또 가슴을 쓸어 내리겠지

함초롬한 그대 눈망울을
나 또 그리워 하겠지

가을날 소묘

팔 소매 내리고
옷깃을 여미는 날

랑랑한 가을 햇살이
자투리 여름을 밀어내고

개으른 허수아비
부스스 눈을 비비는데

비익조 날개 짓에
그리움 녹아 들까

풍문으로 들었소
만추로 가는 길에

차 한잔 하자 하고
좋은 님 온다 하네

여름 끝자락의 단상

영근 들野 품에 안고
가뿐 숨 쉬어본다

원 그리듯 돌아가는
숨 가뿐 시간 속에

한 나절 가을햇살 은
황금빛을 잉태하고

그렇게 피어난 자리
나는 지병 같은 그리움에 목이 매인다

자고 나면 멀어져 가는 세월
내 꿈도 서서히 퇴색해가고

리얼하게 펼쳐지는 세월에
사진 속 내 젊음은 비웃듯 나를 보고 있다

낭만의 구월아

낭자한 초록 즙이
살며시 사라지면

만추의 지병들이
우루루 몰려든다

의지할 데 없는 내 감성은
온 밤 밝히는 꽃 무녀 되고

구월은 겹겹이 쌓인 그리움의 무게를
가슴으로 풀어낸다

월색이야 이 구월을
감히 누가 견주겠는가

아직도 다 하지 못한 연정을
이 구월에 품어보고 싶은 헛된 욕망이다

가을 길목에 서서

가만히 올려다본
하늘 끝 먼 곳에서

을러 맨 가을자락
잠자리 날개처럼

길목엔 이름없는
풀꽃이 아름답다

목전에 내려 쬐는
햇살은 눈부시고

에둘러 기다리는
내 맘의 가을이여

서서히 녹아 드는
외로움 어이할까

서산에 가로누운
태양이 애잖구나

가을 옆에서

귀뚜라미 등에 업혀 온 가을이

뚜벅뚜벅 내게로 다가온다

라르고 선율 따라 그렇게 오고 있다

미동도 하지 않던 하늘이
잉크 빛 문을 열고 가을을 맞는다

울밑에 봉숭아는
여름날의 섹스 행위로 알알이 씨앗을 키우고

음지 키 작은 풀꽃도 가을맞이에 여념이 없다

울 넘어 간 여름은 또 다음을 기약하며
그 끝자락을 감추고

고이 접은 연서 한 장
이 가을 그대 곁으로 날려보낸다

옛날에

더위가
슬그머니 자취를 감추면

도망간 며눌님
가을 전어 냄새에

덜 익은 대추 한 소쿠리 이고
수줍은 듯 들어온다지 않소

도망갈 땐 눈도 안주리
집도 싫소 님도 싫소

말도 많고 탈도 많아
시집살이 팽게 치고

고삿 길 돌아보며 집 떠났던 아낙 돌아와
이 명절 송편을 빚는다 하지 않소

들국화

들국화
꽃잎따리
봄에서 가을까지

국거리
장단 맞춰
소쩍새 우는 날만

화려한
꽃 내음 뒤에
숨어사는 넋이여

어느날 밤의 단상

행여 부딪치는 바람에 별무리 부셔질까 봐
복사꽃 따라 풀벌레 토해내는 소리 어루만진다

가슴에 새긴 그대 그리움 풀숲 아래 바람 재우면
득도한 현자처럼 나는 가면 쓴 위선자가 된다
한사코 비워버린 가슴

둥지 이고 싶었던 어제의 눈부심이
지금 발 아래에서 허둥대며 헤엄치고 있다

시월의 마지막 밤

가을걷이 끝난 들녘에
바람이 인다

을씨년스럽게 서있는 휘어진 솔낭구에
황혼이 내려앉고

색 바랜 허수아비는
흔들리는 계절을 붙잡아

내 허기진 상념을
위로하고 있다

님의 향기 가득한 紅葉의 날들은
떠나기를 재촉하고

색소폰 소리 그윽한 시월의 마지막 밤
나는 그렇게 가고 있다

이런들 어떠하리..

겨울이 간다 해도 또 봄이 올 테니
가슴 시릴 이유 없고

울렁이는 하루를 보내고 나면
또 편안한 밤이 있으니 뭐..

로뎅이 무엇을 생각한들
나는 궁금해 할 필요 없다

가는 봄이 아쉬우면
푸른 녹즙이 흥건한 여름이 올 테고

는실난실 살자 하면
못살 이유도 없지만

마음 흥건하게 고이는 그리움이야
나 어쩔 수도 없으니

차라리 그냥
무념 무상으로 살 수 있었으면 좋겠다

가을 보내기

나른한 햇살이
거실 창으로 기어 오르고

목이 아프도록 불러보는 연가
가을그리움

이젠
또 한 해가 가는 아쉬움에

수없이 가는
세월만 탓하고 있다

줍고
버리기를 반복하는 삶이

어제와 오늘을
만들어내고

서로를 보듬어 안은 날들에
금박을 입힌다

떨어지는 낙엽에도 네 생각뿐

떨어져 누운 낙엽 갈바람에 흩어지고
어느 날인가 나는 그리움의 지병을 앓는다
지난 세월에 순백의 나는
는개비처럼 느릿느릿 그대를 탐했어도

낙엽 같은 세월에 가슴만 저려올 뿐
엽록수처럼 파아란 청춘이 아쉽다
애간장 녹듯 가는 세월만 탓하고
도저히 돌이킬 수 없는 인연 가슴만 메인다

네가 그리고 내가 인연을 버리던 날

생인손 앓듯 그 아픔을 그대는 알까
각인된 그대 미소 그리고 숨결
뿐이고 그대 그리움 뿐이고..

가을 그날

은총 가득한 이 가을

빛은 찬란하게 내리쏟고

물안개 걷어간 호수 위에
산 그림자 곱다

결 고운 잠자리 떼
운무가 한창이고

억겁의 세월에도
저 하늘은 변함이 없다

새로운 세대가 도래해도
나는 이 가을을 찬양하리라

어느 가을날의 편린

가을이 저만치
가고 있는데

을밋하게 흐르는
여인의 가을 엮는 소리

일탈이 그리웠던
꽃이 열리지 않던 그 밤

기억조차 아득한
긴 포옹 끝 즈음에서

쓰다만 연서 한 장
추억으로 남긴 어느 가을

다시 오지 않을 것처럼
다시 사랑을 하지 않을 것처럼

그러나 가을은
그렇게 가고 또 오고 있다

가는 세월

들 녘에 참새떼 들
산탄처럼 흩어지고

꽃잎은 손이 시려
하얀 천을 두르고 있다

한가해진 허수아비
공연히 아랫도리 만지며

송알송알 맺힌 열매
부러운 듯 바라보고

이 가을 젖은 목마름을
갈 빛에 말리고 있다

가고 오는 계절이야 그 누가 말릴까만
기어코 가는 계절 두 팔 벌려 막아본다

꽃 비 내리던 날

꽃으로 피어난 그리움은

비 되어 내리고

가슴 시린 날엔
아픔 같은 추억이 나를 설레게 한다

내 어두운 맘은
스스로 만든 그늘에 숨어

리턴 할 수 없는 그날에
아나로그 편지를 쓰고

던지듯 세월에 무등을 탄다

날이 새면 또 꽃 비가 내릴까
나는 잃어버린 청춘 무릎에 앉힌다

기도

가을엔 모든 걸 사랑하게 하소서
을밋해진 제 마음도 추스르게 해주시고
에둘러 꺾어버린 상념도 일게 하시며

붙박이가 된 아집과 편견도 없애주소서
이 가을엔
는적임 없는 신앙심을 북돋아주시고

연하게 바랜 젊음도 일게 하시며
가없는 성찰과 자기 반성도 하게 하소서

3부

주먹 만한 詩(주먹시)

- 가을앓이 -

소슬한 바람
문밖을 서성이니
나 어찌할까

(2019 0905)

- 어머니 가신지 1년 -

울 엄마 생각
보고 싶고 그리워
가슴이 타오

(2019 0624)

- 잠 안 오는 밤 -

송편 같은 달
가없이 고즈넉한
인적 없는 밤

(2019 0612)

- 내 마음 -

밤이 깊으면
하늘 저쪽 울 엄마
늘 아프다오

(2019 0601)

- 가을이라오 -

노을 빛 물든
다 자란 억새들이
지천인 지금

(2017 1018)

- 밤낚시 -

밤 깊은 적막
하염없이 찌만 봐
늘 기다림만

(2019 0210)

- 낚시터 풍경 -

밤이 내려와
호반에 산 그림자
수 없는 별들

(2019 0205)

- 강태공 -

밤은 깊은데
낚여 든 붕어 한 놈
시름 잊었네

(2019 0202)

- 불효의 끈 -

명주실 설빔
절절한 엄마 생각
날마다 아파

(2019 0128)

- 문득 엄마가 그리워서 -

하염없는 맘
늘 그랬던 것처럼
가슴이 아파

(2018 0808)

– 한양 –

창대 하리라
경이로운 도읍지
궁이 있는 곳

(2017 0831)

– 경복궁 –

서울 한복판
대단한 질곡 속에
전설 같은 집

(2017 0809)

- 初夜 -

옷고름 풀어
벗은 몸 수줍어서
어둠의 꽃물

(2017 0713)

- 벌써 가려고? -

요만큼 왔다
지금 떠나야 한대
경을 칠 봄이

(2019 0427)

- 옛사랑 -

만홍의 물결
월색이 찬연하니
애끓는 慕情

(2018 0922)

- 시월愛 -

만산엔 홍엽
천지가 가을 향기
하늘엔 낮달

(2017 1029)

- 가을 어느 날 -

대잎 향 가득
나른한 햇살 위로
무념의 바람

(2017 1007)

- 지금 나는 -

연한 하늘빛
무정한 내님 닮아
정 고픈 오늘

(2018 0901)

- 나이 값도 못하고 -

戀書를 받고
신이 나서 발 동동
내가 미쳤어

(2019 0620)

- 아픈 사랑 -

무엇이길래
심한 통증과 함께
한이 됐을까

(2019 0429)

4부

봄을 노래하다

꽃비 내리면

우수수 낙엽 같은 꽃 비가 내린다
주린 배 채운 하늘 바람을 토해내고
홍조 띤 봄 아가씨 떠나기를 재촉하고는
황급히 꽃닢 한 자락 감추려 하고 있다

　＊ 宇宙洪荒 : 우주는 넓고 거치니라

나의 봄은

일탈이 그리운 아침 햇살은 소나기로 내리고
월악산 진달래 는 하늘 바라 목이 매인다
영글어 아린 사랑 연서로 풀어내고
측만증 환자처럼 또 그렇게 휘청거리며 가고 있다

　＊ 日月盈昃 : 해와 달이 차고 기울며

봄날에

진달래 하늘 끝 자락에서 분홍 물빛 풀어내고
숙달된 하늘 바라기는 진한 녹즙을 준비하고 있다
열망의 봄빛 하늘은 노숙자처럼 자유롭고 싶고
장문의 편지를 써 나는 진한 그리움을 적어 보낸다

　* 辰宿列張 : 별자리가 벌려 베풀어졌느니라

여름 나그네

추락한 봄기운에 실바람 신이 나서
수없이 많은 잎새 는실난실 놀아난다
동장군 떠난 지가 얼마나 지났다고
장수촌 여름 바라기 빼꼼하게 고개 든다

　* 秋收冬藏 : 가을에 거두고 겨울에 갈무리 하니라

노숙자의 봄

옥구슬 재잘재잘 참새떼들 노래하고
출출해 낮술 한잔 노숙자 삶 고달프다
곤한 잠 일깨우는 봄엣 소리 귀찮아서
강(强)者의 표효에도 관심 없는 노숙자의 봄

　* 玉出昆崗 : 옥은 곤륜산에서 나니라

그리움의 몸짓

해조음 들리는 듯 봄 바다 그리워서
함초롬 해당화는 봄 가면 피우리라
하 그리운 그대 목소리 해조음 되어 돌아오고
담담히 울려다 본 하늘엔 잉크 빛 물감 쏟아져 내린다

　* 海鹹河淡 : 바닷물은 짜며 강물은 싱겁고

나의 봄은..

린애(潾愛)의 그리움을 쪽빛 하늘에 풀어내고
잠에서 깬 어린 아이처럼 뜻 모를 서러움 목이 매인다
우루루 몰려드는 아린 맘은 무엇 때문인가
상기도 소식 없는 그대 때문에 내 마음 파도처럼 보채고 있다

　* 鱗潛羽翔 : 비늘이 있는 것은 잠겨있고 깃 달린 것은 나니라

봄날은 간다

내노라 한 봄은 도도하게 향기를 내뱉고 있고
복 터진 견공은 봄 햇살을 즐기고 있다
의지할 데 없는 내 언어는 이 봄 노래할 자격도 없는데
상기 못 온 여름 나그네 나를 비웃듯 고개를 든다

　* 乃服衣裳 : 이에 의상을 입음이다

짧은 단상

유사한 인간들이 여기저기 떠돌고 있다
우유 빛 피부까지 못 만들어 내는 게 없다
도지사도 국무총리도 돈만 있으면 다 되는 세상에서
당최 나는 돈 없고 빽 없으니 그냥 글이나 쓰며 살아야겠다

　* 有虞陶唐 : 유우와 도당이다

내 고향의 봄

수놓은 꽃 무리에 초승달이 곱다
공중을 선회하는 봄 향기 그윽하고
평사리 내 고향 봄은 어디쯤 와 있을까
장마루촌에 복사꽃 피면 봄이 왔다 하겠지

　* 垂拱平章 : 팔짱을 끼고도 편안하여 밝으니라

개꿈

華胥之夢 좋을시고 봄 꿈은 개꿈이네
皮下脂肪 모두 빠져 늘씬 날씬 좋았는데
焦眉之急 당황해서 번쩍 눈을 떠봤더니
目不識丁 인간처럼 발을 동동 굴렀다네

 * 化被草木 : 덕화가 초목에 입혀지고

봄날의 우울

뇌에 박힌 진한 목마름에 긴 밤을 지새운다
급선회한 비행기 안에서처럼 두려움이 나를 감싸고
만천하 봄날의 우울은 트라우마로 나를 옥죄인다
방(訪)을 써 나 좀 구해주오 허나 세상 홀로 나뿐인 것을

 * 賴及萬方 : 힘 입음이 만방에 미치느니라

110

봄의 세월호

망자들의 영혼이 조용할 틈이 없다
담담했던 그 4월이 다시 꿈틀거리고 있다
피어나지 못한 꽃망울들이 여기저기서 통곡하는데
단세포적 어른들은 하나만 위해 악다구니를 쓰고 있다

 * 罔談彼短 : 저 사람의 단점을 말하지 말고

우리 님

신 나서 낚시 떠난 우리님 말씀 보소
사방이 깜깜한데 새벽까지 나와 앉아
가만히 생각하니 마누라가 그립다네
복장이 터져나네 봄맞이 도배는 언제 시작하려고?

 * 信使可覆 : 믿음으로 하여금 가히 살피게 하고

봄이 떠나는 날

시세운 하늬바람 동풍을 몰아낸다
찬 서리 무서리도 아득히 멀리 있는걸
고향의 어멍 아재 농삿일이 고달파서
양수기 돌아가는 소리에 먼 하늘만 바라본다

* 詩讚羔羊 : 시는 고양을 기렸느니라

백제의 한

부소산 푸른 솔은 백마강 굽어보고
앙다문 삼천 궁녀 서린한 고란초여
낭자히 피로 물든 백제의 아픔들이
묘적사 뒤안길에 꽃으로 피었는가

* 俯仰廊廟 : 정전을 향해 구부리고 우러름이라

한강

구백 리 변두리를 휘감아 돌고 돌아
보듬어 한양 속을 유유히 흘러간다
인고의 반만년이 되살아 숨을 쉬고
령 너머 가는 길엔 백화가 만발쿠나

* 矩步引領 : 법도 있게 걸으며 옷깃을 여미고

세월이 흘렀어도

회색 빛 대웅전에 황혼이 찾아 들고
백발의 원로스님 백팔 배 참선으로
환락의 사바세계 산바람 젖은 수심
조용히 향불 살라 욕망을 잠재운다

* 晦魄環照 : 그믐달이 초승달로 돌아와 비추니라

봄날에

우수수 떨어지는 꽃 비가 그립던 날
몽유병 환자처럼 밤길을 걸었었네
등처럼 휘인 풀잎 풀피리 만들어서
초립동 아이처럼 필릴리 불어보네

* 愚蒙等誚 : 어리석고 아둔해서 꾸짖음을 들을 만하다

여자 나이

여자 나이 ㅇㅇ 이면 예쁜 것도 배운 것도
나이 들어 거울 보면 예쁜 것은 하나 없어
독수공방 아니하니 이것 또한 행복일레
특별할 것 하나 없어 세월 가면 늙어지니

* 驢騾犢特 : 나귀 노새 송아지 숫소가

그렇게 살고 지고

계곡 사이 겨울 햇살 슬금슬금 도망가듯
상전벽해 전화위복 세상 사는 이칠레라
재산 많고 복 많아도 하루 네 끼 안 먹듯이
배부르면 행복하네 욕심 없이 살고지고

  * 稽顙再拜 : 이마를 조아려 두 번 절하니

말기 암의 환락

현란한 도심의 밤 환락의 물결 따라
가린 것 하나 없이 알몸의 욕망들이
주린 배 채우듯이 무녀의 몸짓으로
연달아 도열하는 눈부신 탄성이여

  * 弦歌酒讌 : 연주하고 노래하며

울 엄니

병 안 나고 건강하니 우리 엄니 고맙고로
개수대에 손 담그고 딸을 위해 걸레 빨고
가슴에다 손을 얹고 불효임을 고백하네
묘하게도 우리 엄니 사위(壻郞)가 더 좋다 하네

 * 竝皆佳妙 : 아울러 모두 아름답고 묘하니라

부모 의무

염려와 걱정으로 자식 둘 길러냈네
필연적 인연으로 딸 둘이 우리게 와
윤리와 기본 도덕 확실한 아이들로
지혜의 힘을 모아 출가한 두 아이들…

 * 恬筆倫紙 : 몽염은 붓, 채륜은 종이

116

한번 물려 봐

해도 달도 다 따준다 결혼하자 하더니만
조석으로 변한 마음 너는 너고 나는 나네
수십 년을 같이 살아 물릴 수도 없는 처지
핍박해도 소용 없고 물리자니 그러 라네

　* 解組誰逼 : 누가 인끈 풂을 핍박하리오

봄 속의 북한산

성곽 위로 파란 하늘 꽃 무리가 피어나고
궁색스런 바람서리 햇살 뒤로 숨어난다
기교 없는 들꽃들은 수줍은 채 앉아있고
계곡 아래 사바들이 안개처럼 일렁인다

　* 省躬譏誡 : 몸을 돌아보며 살펴 경계하고

봄이 오는 길목

버들갱이 수줍게 바람에 한들거리는 오후
들녘 가득히 덮인 안개는 햇 바람에 살포시 내려앉고
강나루 키 작은 나목은 연초록 빛 물감을 칠하고 있다
아직도 시린 바람은 봄 오기를 재촉하고는
지독히도 아픈 겨울 상처를 어루만지고 있다

풍만한 햇살 바라기

봄이련 겨울인가 춘설이 분분하고

바람은 설핏하게 오는 봄 시샘하네
다랑이 논두렁엔 써래질 한창이고

가실의 살찐 수확은 봄에서 시작되네
득남한 여인 같은 풍만한 봄 햇살에
히스테리컬한 노처녀는 가는 세월만 탓하고 있다

118

봄비가 주는 꿈

봄 처녀 수줍은 듯 裸木의 언저리에 맴돌아
비단옷 너울 쓰고 긴 겨울 휘파람으로 날리고 있다
가만히 속삭이는 바람은 빈 듯 가득 찬 산허리를 기어 오르고

주인 잃은 바람은 너풀거리는 춤사위로 멀어져 간다
는개비 저만치서 날 부르는 소리 아~ 봄이련가

꿈꾸듯 나는 또 소매 끝에 매달린 봄을 노래하고 있다

동백 붉은 입춘

동백 아 너는 어이 설한에 피우느냐
백설 위 고운 자태 그리움 녹아내려

붉게 타는 꽃망울이 기원하는 하얀 마음
은은한 달빛 아래 歲寒之友 고운 자태

입춘이 지났으나 아직도 바람 시려
춘풍에 동박새 울어 너의 자태 곱구나

5부
시조 행시

소나무

소슬한 하얀 바람 피멍 든 일월 앞에
나이테 휘어 감아 세월을 감싸 안고
무념의 허기진 여정 얼싸안고 우누나

망상(妄想)

세월에 약을 발라 다리를 묶어 놀까?
월셋방 힘이 드니 은행을 털어볼까?
아직은 늙지 않았어 아기 하나 낳야지

하늘은 나를 보고

하늘은 나를 보고 웃으며 살라 하네
늘 푸른 나무처럼 푸르게 살라 하네
아직도 젊음 있으니 새콤달콤 살라 하네

달빛 부서지는 밤

부서진 달빛가루 온밤을 분칠하고
소슬한 봄 바람은 산허리 어루만져
산수유 노란 꽃망울 달빛 속에 애련쿠나

나 떠날 때

어쩌다 이 세상에 소풍을 나왔을까?
버리고 내려놓아 가벼운 마음으로
이세상 소풍 끝날 때 천사처럼 가야지

구름아

연한 빛 저 하늘에 한 조각 흰 구름 떼
무엇이 안타까워 무심을 가장하고
정 고픈 내 마음처럼 그리움을 달래나

가을밤

가까운 여행지에 미음을 풀어놓고
을밋한 내 생애의 푸념도 내려놓고
밤이랑 별빛무리랑 여울져서 노니네

梅花는

설한풍 벗은 몸에 보고픔 휘어 감아
중천에 뜨는 햇살 파르르 스며들어
매화는 그리움 담아 핏빛 사랑 피웠네

지아비

지진 삶 기대여서 세월을 마주하고
아무런 설레임도 이제는 아닐레라
비 맞아 추운 날에도 그대 가슴 뿐일레

세월

설중매 피고지고 세월이 덧없구나
한세상 사는 것이 바람과 같을 지고
풍광에 씻기운 내 삶 색칠하면 어떨까?

소꿉장난

연홍 빛 손톱에다 꽃물을 곱게 들여
분 열매 곱게 빻아 예쁘게 분칠하고
홍청등 환히 밝히고 신랑 각시 되는 밤

秋夜長

추야장 기니긴 밤 귀뚜리 울음 울고
야음 속 달빛 따라 그리움 함께 가니
장한몽 이내 마음을 그대 어이 아실까

별밤에

별 무리 쏟아질까 치마폭 벌려놓고
밤 새워 기다려도 찬 서리 드리울 뿐
에둘러 하늘 창가에 봄소풍을 나갈까

논개(義妓)

낙화된 슬픈 영혼 열두 폭 쓰개치마
화려한 단순호치 기녀가 아니던가
암벽 밑 비취 빛 물엔 논개 혼이 잠들어

丹脣皓齒 : 빨간 입술과 하얀 이를 가진 여인. 미인을 말함

혜린 제2행시집

"채워지지 않은 내 모든 것들에 대하여"
그 두 번째 이야기

2020년 6월 13일 발행

저 자	오 순 영	
이 메 일	soongg77@hanmail.net	

편 집	정 동 희
발 행	도서출판 한행문학
등 록	관악바 00017 (2010.5.25)
주 소	서울시 중구 을지로18길 12
전 화	02-730-7673 / 010-6309-2050
팩 스	02-730-7673
카 페	http://cafe.daum.net/3LinePoem
홈페이지	www.hangsee.com

정 가	8,000원
I S B N	978-89-97952-34-2-03810

공급처 ┃ 가나북스 www.gnbooks.co.kr
전 화 ┃ 031-408-8811(代)
전 화 ┃ 031-501-8811